一個人去丹麥
寫一年書

嘿 ————————

你為什麼不要快樂

謝謝心裡那個聲音

牽了我一把

聲音

01

一個人去丹麥，寫一本書。
遇到真正的自己。

一個人
去丹麥，
寫一本書

那天，我是真的聽到了這一句話：『妳可以一個人去丹麥，寫一本書。』

當時只有我自己一個人，在我的房間裡。在我的人生中這是第一次發生，也是唯一一次。

你好，我是曾之喬。可能你早就認識我了，但我希望有不少人是因為拿起了這本書，讓我們結下了緣分。

真的，很高興認識你。而那些早就認識我的人，我當然依舊充滿感謝，你會因為這本書更真實地了解我，並祝福你在這個旅程中也靠近了更赤裸的自己。

「一個人去丹麥，寫一本書」不止是書名，更是我親耳聽到的一句話。在我二十出頭，剛剛經歷了十九歲的憂鬱低谷，處於一個脆弱但心懷感恩的狀態。不敢說自己已經走出陰影，但至少心比較鬆了。

　　當時我因為經營部落格經常使用奇摩網站，在奇摩知識家常會看到有人提出一些關於失眠、或者懷疑自己是否有憂鬱症等等的問題。或許因為自己有相關經驗，總覺得無法視而不見，雖然真的不知道能幫上什麼，但骨子裡就是有種古道熱腸的特質吧，哪怕只有一點點能分享的，我都想要告訴他們，希望他們的生命也能出現一道曙光。就這樣，我開始以匿名身分在奇摩知識家回答了這些相關的問題。

　　某一天我打開了奇摩首頁，頭條之一是「全世界最快樂的國家：丹麥」！我像是著了迷一樣地點進去，畢竟好幾年都處於情緒比較低落的我，根本無法想像「最快樂」這三個字是什麼概念？而且心想丹麥是個相對有國際競爭力的先進國家，當地人居然給自己的快樂打這麼高分？那他們的壓力呢？去哪裡了？

　　總而言之，就是完全超越了我能理解的範圍。正當我著了迷般地看著這篇報導時，我聽見了一個聲音——

「妳可以一個人去丹麥，寫一本書，把妳的經歷分享出去。」那是個年輕女生的聲音。

我有點納悶：「我？一個人？」

「對呀！妳可以一個人去丹麥，寫一本書。」

她重複了一次。然後這個聲音就從此消失了。

這真是太神（可）奇（怕）了！請大家不要誤以為我有什麼特殊體質，這對我來說也是個非常難以置信的體驗。

讓我冷靜思考一下……

第一，這到底是哪來的聲音？

第二，要我去丹麥就算了，為什麼是「一個人」？我哪敢？

第三，幹嘛要我寫書？我又不是作家！

　　接下來的一週，有兩個朋友在不同的時間點，不約而同問我：「妳最近有這麼多心得，為何不寫一本書啊？」

　　到底為什麼宇宙一直要我寫一本書啊？我　又　不　是作　家！

　　嗯，點點點。

　　好，總之呢，現在不管那個聲音是天使或惡魔，還是來自心裡的聲音，甚至是幻聽……，我都沒辦法再假裝沒有這件事了。

　　我確實展開了想要去丹麥寫一本書的計畫，畢竟這麼酷的事情發生在我身上，我怎能裝沒事？但我裝傻當作沒有聽見「一個人」這件事，一直呼朋引伴地揪人跟我一起去丹麥完成這本書。加上當時沒有出版社願意和我合作出一本談心靈旅程、分享憂鬱快樂等等的這種書，都是說服我出旅遊書啦、藝人寫真集啦，等等的。

可想而知這樣是行不通的。終於有一天，我懂了，其實永遠都不會有準備好的那一天。

所以，不管到底能不能寫一本書，我一個人，出發去丹麥了。

於是，有了這一本書。

這趟一人之旅帶給我的啟發是遠遠超過我所想像的，後知後覺的我，也有很多的感觸和體悟，是回到台灣之後，回想起當時一個人走在寒冷的丹麥街頭，回想起種種只有我一個人知道的細節，細細咀嚼後才發現的。

突破現況，進而實現夢想，最難的就是跨出第一步，出發。而踏實、快樂的秘密，是能夠靜下來，聆聽自己的心。

不需要刻意用頭腦思考。

靜靜的。

靜靜的。

你聽到了嗎？

　　沒聽見也沒關係，若聽見了來自靈魂深處的聲音，亦或者，你早在好久以前就聽到了，這次，我們更愛自己一點，不再假裝沒聽見。

　　我們一起，出發！

這裡沒有別人，
　　只有自己。

面對

親密愛人

結束了第一天的行程，幸福感當然爆表了，頭頂熱熱的好像發燒一樣，又好像作夢一樣，無法相信自己可以做到這些。

啊～～～～～

吐了好長一口氣，最喜歡一頭倒在飯店白白淨淨的大床上了。這天經歷了那麼多的艱難和遇見了那麼多驚喜，理論上當然很累了，但我興奮到管不了什麼累不累的！我真的一個人在丹麥了耶！怎麼可能捨得睡？

回想起一整天的點點滴滴，真的太神奇了，我這個超級路癡，旅行的第一天就坐了飛機、火車、計程車、公車……等等等等的交通工具，拿著紙地圖和指南針完成了所有原先我預定要走的行程！

天啊，你知道我看到多少的美景，遇見多少新奇有趣的人事物嗎？我的房間外面就有一個超大的教堂，屋頂還是超美的

綠色！真的好棒哦，我做到了！

　　帶著種種這樣很難用言語形容的興奮心情，我真的好想跟
我的家人朋友分享，於是我拿起手機打給我的好姊妹……沒
接！打給我一個無話不談的好朋友……沒接！打給我當時的男
朋友，響了好久……終於「喀！」的一聲……沒接。

　　還記得我前一分鐘有多興奮嗎？
　　然後我哭了。

　　這樣突如其來的空虛和沮喪，其實也沒讓我覺得太驚訝，
因為我很清楚，「那時的我」很需要別人的認同，很依賴某些
特定的人給我的溫暖和秀秀，很希望自己很努力很努力做到的
一切能有人看到。必須要這樣，我才能感受到自己的價值。

　　但是很遺憾的，現在只有我一個人。
　　這下我是真的覺得累了。

諷刺啊真諷刺，經歷了這麼多這麼棒的體驗，快樂還是這麼快就不見了。

快樂，你真的好殘忍！

無力的躺著，眼淚流啊流的……
想說，放首歌吧，至少有點聲音什麼的。
按下隨機播放，前奏一下，我就知道是什麼歌了。《親密愛人》。

今夜還吹著風
想起你好溫柔
有你的日子份外地輕鬆

這當然不是我的年代的歌，只是一首跟我很有緣的歌。OK，這不是重點。重點是，我低潮的時候常會聽音樂，接著把燈關得很暗，一個人跳舞。

　　沒有人教我這樣做，但印象中我很年輕就會幹這種事，這對過去經常陷入黑暗的我來說，是一種「可能」有效的療法。

　　親愛的人　親密的愛人
　　謝謝你這麼長的時間陪著我

　　不知是否因為，此時我深刻地覺察到自己是一個人；一個人，聽著，唱著。第一次發現或許這不是唱給別人聽的歌。

　　最親密的愛人，不就是我嗎？
　　根本沒有別人，就是我自己。

　　我最想要得到肯定跟認同我的那個人，就是我自己。

　　我問我自己：「能不能真心的愛我？」
　　然後，我又問自己：「能不能真心的謝謝自己走了這麼遠？」
　　環抱著雙臂，繼續聽著，跳著，淚流著。為自己唱著：

親愛的人　親密的愛人
這是我一生中最興奮的時分

被愛充滿之後，常常失眠的我，當晚一夜好眠。

隔天醒來，半夢半醒之間拉開窗簾，看見外頭教堂的綠色屋頂變成白色⋯⋯我興奮尖叫：「下雪了！下雪了！ yeah yeah yeah ！天啊，真的在下雪！」

我好開心好開心好開心，開心到快哭了，好美好美哦，完全地沈浸，戲劇化地 enjoy 其中，興奮到抱著自己的雙臂又叫又跳的。

這一次，我沒有想要打給任何一個人了哦。

（※ 文中歌詞引用《親密愛人》，詞曲：小蟲，OP：八格音樂製作經紀有限公司，SP：Universal Ms Publ Ltd Taiwan）

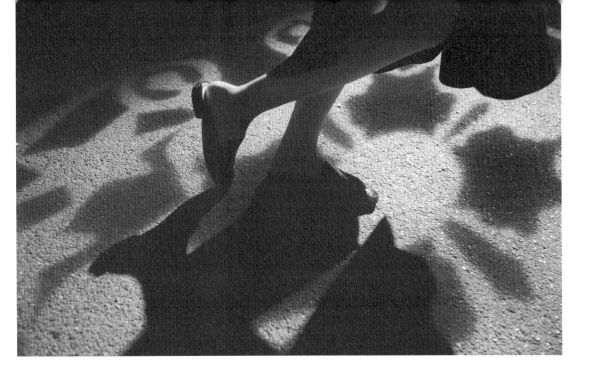

那一步，

　　　跨出去就好了！

代發

03

我最喜歡的英文單字
Present
禮物就是
現在。

浪漫個屁

你知道一個毫無方向感的路癡，要一個人出發去歐洲有多麼可怕嗎？

到丹麥幾天了，我就這麼英勇地拿著紙地圖和指南針，闖了好幾個地方。這對一個路癡來說，就像脫胎換骨般的成長。

常常拿著地圖走著都不禁有點得意，若我有勇氣面對自己「零方向感」這個最大的弱點，好像真的也沒有什麼事情不能去突破。

出發前試想過很多次，如果真的迷路了那該怎麼辦？

出發的前兩天早上，我是哭醒的，我癱軟在枕頭上大哭：「我這個白癡……我居然真的訂了機票要一個人去丹麥……這也太危險了吧……我一定會迷路的……我一定會在丹麥ㄆㄤˋ ㄎㄧ……」一切充滿未知，我是真的很怕。

　　必須再強調一次，當年還不是哪裡都有 Wi-Fi，並不普遍使用 Google Maps 的時候。有個朋友出於好意地為我打氣說：「若真的迷路了，那就享受那個當下啊！妳在丹麥耶，想想能在童話世界裡迷路，該有多浪漫呀！放心啦，生命總會有出口的，船到橋頭自然直。」

　　說得很有道理，這些話我買單！想想能在歐洲迷路一定很浪漫，根本不要怕。

　　當時要出發前怕成這樣，如今我已經在丹麥一個人活了好幾天！（嘴角無限上揚）

　　來到丹麥好幾天後觀察到了一個情況，就是當地的店家都很早休息，基本上到了晚上七點，街上就很黑了，尤其在寒冷的冬天，路上幾乎沒什麼人，就只有經過幾家餐館的時候才會感覺到裡頭特別熱鬧。

如果問我一個人在歐洲旅行最難的是什麼，我覺得真的沒有想像中的難，除了搞清楚方向之外（苦笑），應該就是吃飯了吧！在丹麥一個人這麼多天，其實我一點一點地拾回了與自己的親密感，一天比一天覺得，其實一個人一點都不孤單。

寂寞不是因為身邊有幾個人的問題，孤單是因為無法坦然地與自己同在。

只不過，隻身走在 12 月的街頭，難免有感覺到很落寞的時刻，尤其是晚餐時間。我特別特別嚮往那種在漆黑的夜晚點上一串亮晶晶的燈飾，與其說就是聖誕氣氛，我更覺得一年四季有哪一天不適合點上這一串又一串的燈呢？溫暖的燈光提醒著我們，別怕黑，看不見的時候，星星依舊亮著。

一個人的旅行，一個人走著走著，特別多的內省。深刻省思的路總是這樣吧，走起來總是覺得特別慢、長。

抬頭看看想知道是否快到家了，才發覺⋯⋯

天啊，這是哪裡？

360 度仔細地看，用力地看，我真的不知道我在哪裡。比對了一下指南針和地圖。天啊，很好，我是真的不知道我在哪裡⋯⋯

可惡我迷路了！真是的，回去沒辦法跟家人朋友炫耀我在丹麥都沒有迷路了！（整個放錯重點）

沒關係，不急不慌，慢慢走，慢慢找，我對自己說：「別忘了在歐洲迷路了多浪漫啊！」雖然路上很黑，只有少少的微弱路燈，但是沒有關係我不害怕，對著那小小的光芒心存感恩。

路上幾乎沒什麼人，安靜到有點詭異，但沒關係我就唱歌吧。雖然走著走著氣溫越來越低，我冷得有點發抖，我就好好享受終於難得遠離我那住了二十幾年又濕又熱的土地。

又走了約 20 分鐘，還沒有方向感，但沒關係，我告訴自己，就好好享受這一切吧！

「享受個屁呀！」

我忍不住脫口而出，我真的忍不下去了，到底是哪個混蛋跟我說在歐洲迷路很浪漫？我又冷又餓！走了一天腳已經痠炸了，融雪又滲進我的雪靴！而且這是在拍鬼片嗎？路上沒個人影是怎樣？這到底是啥路啊？浪漫個鬼！都迷路了不趕快認真好好找路我還有心情寫詩！

心中突然爆發各種歇斯底里，氣死我了，享受個頭啊！我的手機剩沒幾格電，若真的給我關機了，我一定崩潰大哭！

好的，這個時候「之喬解接」要提醒各位小朋友，在我們最恐懼的時候，一定要告訴自己：「不要急，不要慌。」真的，沒在開玩笑，關鍵時刻這樣告訴自己，非常的重要。小朋友，

如果你是跟媽媽走散了，記得站在原位別亂動，讓媽媽回來找你唷～

　　但是很肯定的是，我媽媽在台灣，是不會來丹麥找我的，這個情況之下如果我繼續站在原地不動，可能會被凍死。

　　時間越來越晚了，也越來越冷了，我告訴自己我要走得快一點，必須讓身體熱起來，於是我開始邊走邊跑，並且告訴臉皮非常薄的自己說，等會兒只要看到任何一家亮燈有人的屋子，就先走進去取暖然後問路，沒時間慢慢思考了。

　　毫無方向感地亂跑亂竄，終於看到一家小小的速食店有營業。店裡沒有任何客人，只有一個店員，我走進去不管三七二十一先點了一份炸雞，還點了一瓶可樂壓壓驚。

　　那是一家非常便宜而且有些簡陋的速食店，一般來說我也不會有勇氣走進一家這種當地的小店吃東西；但那天，真的謝

謝他們救了我，而且炸雞翅很脆很好吃，雖然説附餐沙拉的調味我真的是吃不懂。

簡單問路之後，我鼓起勇氣走出去，走了沒幾分鐘，在根本沒有抓到什麼方向感的情況下，我居然走上熟悉的道路了。感謝天，感謝地。

終於，回到房間之後，我坐在床上進行了 15 分鐘的靜心。今天這迷路的驚魂記，讓我有所成長並且更懂得感恩。我心想：「雖説是一個人旅行，但其實沒有辦法一個人完成。原來我真的不是一個人。」

這個想法才浪漫吧：）

謝謝每一個幫助過我的靈魂。

04

在千山萬水的人海相遇

哦！原來你也在這裡

原來你
也在這裡

濛濛細雨，我的天空今天有點灰。

平常看到這種灰濛濛的天，我很容易會落入慣性的憂鬱，或者上演我最擅長的鑽牛角尖。但我一個人在丹麥，果真是又長大了。看著這樣的天氣，我好像更能與它同在，享受生命不同的美。

撐著一支不堅固的、當地買的小傘，其實我一直被雨水潑到，但是沒關係，我就是很享受這一切。

今天的目的地，是丹麥其中一個著名的觀光景點，「圓塔」。記得在前往的路上，看到兩個穿得一模一樣的女生，我猜她們應該是好姊妹吧！手勾著手，戴著毛帽，穿著厚重保暖的風衣外套，還有一模一樣的雪靴和內搭褲。她們兩個嘰嘰喳喳說個不停，不知道在聊什麼，步伐超快而且非常一致，簡直像雙胞胎！

　　我覺得太有趣了！我跟在她們的後面走了好長一段，為了要跟上她們，我也必須走得很快，還快速拍下了好幾張她們的背影。因為這兩個女孩，讓我想起了我也有那麼多的好姊妹、好朋友和家人。雖然此刻他們不在我身邊，但是我很想念他們，也知道他們的心與我同在。

　　然後，幻想著有一天，我一定要跟我的好姊妹，一起穿著這種一模一樣的「姊妹裝」。雖然有點傻氣，但是有一天再回頭看，一定會覺得這是一個特別的紀念。

　　走著走著，一直找不到目的地（大家應該很習慣我的迷路了吧？）。理論上就地圖來看，圓塔應該離我很近了。不過，一個人的旅行，就是不斷臣服於我就是一個超、級、大、路、癡！即便近在咫尺，就是沒有辦法找到它。

　　一路上，我邊喝咖啡，邊問路人；邊逛街，邊問路人；邊走邊學。我對於自己每一天要跟很多人求救這件事情，已經感

到越來越自在了，這真是一個天大的好消息！因為過去的我，從來不知道怎麼跟別人求救，對我來說那是弱者的表現。

　　長大了，才明白，能夠謙卑地知道自己還有許多不足的人，才是高人。試想看看，這樣子世界會有多簡單呢？我們遇到不懂的事就謙虛地問別人，而別人問我們知道的事的時候，我們就很慈悲地回答他。如果世界上有這個循環，那該會多簡單多美好呢？

　　美好歸美好，享受歸享受，充滿體悟歸充滿體悟，總而言之，「我又迷路了」！因為走了快一個小時，覺得有點累了，我決定休息一下。全身濕答答地走進一間教堂躲雨，感覺有點不敬，但我不是故意的。我心想：「主啊，謝謝祢，讓我可以暫時在這邊休息一下。讓這個教堂，為我擋風遮雨，我滿心感激。」

　　坐在長凳上冷靜了一下之後，把身體擦乾，再次拿起我的

「紙地圖」以及「指南針」，繼續研究著到底要怎麼樣找到那個圓塔呢？嗯，既然都來到教堂了，我就來禱告吧！

我跟主說：「親愛的主啊，我真的是一個超級大路癡，沒救的大路癡，不過因為我的時間很有限，我來丹麥只有短短的十幾天，這是我今天最想要去的景點，主啊～祢可不可以幫助我，更快的、趕快的找到這個目的地呢？主啊～感謝祢。」

心裡更平靜，也休息了一下之後，拿著我的地圖再次出發！

在外面繞啊繞啊，左看看右看看，試著搞清楚整個方向感。終於！我看到那個我要找的圓塔了⋯⋯

不敢相信也不可思議，甚至有夠荒謬的，原來我剛剛在的教堂，就是圓塔附屬的教堂，也就是說——圓塔和教堂連在一起。

　　只是因為這一天，天空太灰了，天氣太差了，圓塔太大了，所以我只看到圓塔各個不同角度的牆面和磚頭，我在旁邊繞啊繞啊，走啊走啊，殊不知原來我就在這裡。真想對圓塔唱一首劉若英的《原來你也在這裡》！

　　終於找到圓塔了，上去之後，細細的去品味，靜靜的去體會這一切，在圓塔上的制高點吹著風，平靜地俯瞰著哥本哈根，多麼享受！靠著和主禱告後，到達了我要去的目的地。

　　最聰明的人類，常常是最不聰明的。有時，我們很用力的在找幸福，找快樂，找自己。但當我們真的靜下心，更安靜，更包容，更謙虛，更感恩地之後，才覺知到我們本自俱足。

真善美，就在這裡，
不在別的地方。

05

初次見面！丹麥人

　　當年雖然下定決心一個人去丹麥，但我還是很希望在當地能夠找一些人稍微關照一下我，沒辦法，誰教我是生活白癡、又有偶包，就算出國工作過很多次，但我根本連怎麼 Check in 都不知道！出發前，我還寫信給兩位丹麥旅遊書的作者，其中一位很熱心地介紹了她在丹麥工作的家人給我，交代我如果真的有問題或是找不到人一起吃飯，可以打給她。

　　結果我覺得老天要我在丹麥一個人，就真的是注定要一個人耶！我跟旅遊書作者的家人，時間從頭到尾都對不上！我在丹麥就像一個人流浪，每天吃飯的時候都是我最孤單的時候，尤其歐洲的食物多半都是冷的、還又貴又難吃（小聲說），再加上我那時候狀態不是很好，又很怕男生，所以我特別染了一頭紅髮、穿得很彩色，打扮得完全是小女孩的樣子，就是要避免任何男生來跟我搭話。

　　直到我到了哥本哈根的第一天晚上，那時候我已經一個人吃飯吃了快十天，然後我一樣很無助地不知道要吃什麼，最後

就選了一間看起來很普通的 PIZZA 餐廳。沒想到一進去就有一個金髮男生用英文問我：「妳是來旅行的嗎？妳一個人嗎？」我當然裝聽不懂，沒想到他居然放大絕，換用中文問我：「那妳會說中文嗎？」聽到中文的那一瞬間，我什麼防備心都拋到腦後去了，我太興奮了！因為已經有太多天沒人跟我講過話了，所以我立刻回答他：「天哪！你會說中文？」接著我們就一發不可收拾的聊起來了。

可能我太久沒跟人說話了吧！我也蠻想跟人分享我的心得，所以我簡單跟他說了一下我聽到了內心的聲音、一個人來到丹麥、我在台灣是一個藝人、曾經得過憂鬱症……等等的。我也不知道為什麼會把這些事情告訴一個剛剛認識的外國人，可能因為他會講中文、而且也待過內地好幾個城市，所以雖然我們是第一次見面，他還是個金髮碧眼的外國人，我卻有種很溫暖、很熟悉的感覺。

因為他是土生土長的哥本哈根人，而我又是被「丹麥是全

世界最快樂的國家」吸引才一個人來到丹麥，所以我問他：「你知道丹麥是全世界最快樂的國家嗎？」他說他看過這個新聞報導，但他身邊也有很多不是那麼快樂、很封閉又傲慢的人，所以他說：「我覺得沒有哪裡特別快樂，是人的心態問題。」這些話，點了我一下。那天晚上我們很開心地聊了很多，雖然後來想再約吃飯卻一直沒約成，不過因為認識他，我深深感受到丹麥人的溫暖。不記得我們到底聊了多久，真的很感謝很感謝，能夠讓我遇到一個熱情、好客、溫暖、不會讓我害怕、重點是會講中文的丹麥男人！

　　其實不管是他或是我在旅途上遇到的其他人，每一個人的態度都很親切，可能我真的看起來太像個搞不清楚狀況的小女孩了，還有幾次當地人在回答我問題的時候會特別把手上的菸拿開，我心裡都噗哧一笑，心想他可能以為我小小孩吧！遇到不少人對我都蠻呵護的，更讓我對丹麥留下很好的印象，可能我跟這個國家真的有很深的緣分吧！

　　在丹麥的旅行雖然只有短短十五天，但卻是一個很長的故事，對我的人生留下很多潛移默化的改變。有些體悟可能只是一些小驚喜、小震撼，但很多影響是在我即將要完成這本書的時候才發現，哇！原來這些事情在我的生命裡面一直發酵、一直發酵，原來我會聽到那個聲音、自己一個人去丹麥、遇到丹麥朋友……，原來這一連串沒有什麼事情是巧合，都是環環相扣的，就像寫好的劇本一樣演下去，只是自己沒有察覺而已。

　　這也讓我明白，我以前會陷入憂鬱就是太用力了，我以為只要我夠努力，事情就會如我所願，但經歷了幾年的低潮、還有一個人去丹麥遇見那麼多簡直就像命中註定一樣的巧合之後，我終於了解到，如果人生是上天為我們寫好的劇本，那千萬不要想去掌控一切，不如就放開心胸，相信直覺，靜靜地看著生命會把我們帶到什麼地方，見招拆招吧！

「傷心的人魚公主，
最後變成海上泡沫。」
但親愛的奇，
妳的故事，可以靠自己收場，
我們這樣告訴我們自己

辛苦了，小美人魚。

若說丹麥有必去的景點，「小美人魚」一定在其中。超過百歲的小美人魚雕像，安安靜靜的坐在港口邊，望著大海。她是安徒生筆下，其中一個著名的女主角。

「傷心的人魚公主，最後變為海上泡沫。」

故事以悲劇收場。去過丹麥的朋友跟我說，如果你沒看過小美人魚等於沒去過丹麥！

不過老實說，我猶豫過要不要去打這個卡，因為不知道對我的意義是什麼？很多人是衝著安徒生到丹麥的，但我不是，我只是聽了我心裡的那一句話：一個人去丹麥，寫一本書。其實七年前我對安徒生爺爺並沒有什麼太大的感觸，當然也對小美人魚這個景點沒有什麼非去不可的道理。不過或許是緣分和天意吧，我在哥本哈根的時間特別多，也沒安排什麼特別要去做的，更別說我也沒朋友在當地。

　　所以有一天我就特地安排一段時間，我要去看小美人魚。沒記錯的話，路途算遙遠，因為那是一個蠻大的港口，但這次我沒有迷路，畢竟要去看小美人魚的遊客太多了，所有人潮都是往小美人魚方向走的，要找到她相對簡單。

　　這個港口的景色蠻美的，但我好像覺得也沒什麼太突出。總而言之，我邊走邊有點後悔，到底有沒有必要千里迢迢來看小美人魚？因為我並不是一個愛湊熱鬧的人。唉……「既來之則安之，還是去比個 YA 拍個照吧！」就帶著這樣土氣的想法，跟著大批的遊客繼續往前，直到眼前出現一群人聚在一個點拍照，我想小美人魚一定就在那了！

　　遠遠的，我依稀看到她身上好像有傷痕。走近確認，嗯，果然又受傷了。

　　在我來到這個景點之前，我看過一些書籍報導，小美人魚是哥本哈根當地一個很重要的地標，不過她的命運非常慘烈，

總是有人要傷害她，即便她沒有傷害過任何人。曾經有人把她的手、頭砍掉，也不止一次有人將她整個搬走，胡亂噴漆更是家常便飯，種種蓄意又惡意的破壞，讓她的命運相當坎坷。

當地政府花了很多的心思不斷維護修繕，但那天看到她，她身上竟然又有一道噴漆。

小美人魚，受了很多的苦。

這是我看到小美人魚後第一個反思。而第二件奇妙的事，是小美人魚身旁竟然有一隻天鵝在繞著她游泳！

來到丹麥之後，看到很多當地的明信片，小美人魚的明信片上，旁邊都會有天鵝繞著她游泳，我心想：這種照片真是做作！何必要故意拍一張這麼浮誇的照片呢？個性比較自我的我，是有點不以為然的想法。

　　沒想到我看到小美人魚本尊，她旁邊居然真的有天鵝，而且也沒有工作人員特別在照顧那隻天鵝，那隻天鵝是一下游遠，一下游近，一下游遠，一下游近，很自在地遊著。我看傻了，天鵝就是圍繞在小美人魚身邊，我不知道這是怎麼做到的，亦或者這就是一個自然的狀況。

　　總而言之，覺得我真的太自以為是了，忽然覺知，我以為的很多的刻意，或許也不一定那麼刻意。

　　或許，小美人魚真的不凡。

　　不能免俗的，還是請當地的觀光客幫我拍了一張跟小美人魚的合照，但其實我自己知道，對我而言來到這裡更深刻的意義，不只是我又到達了一個觀光景點。

　　我靜靜的坐在一邊，看著人潮來來去去，看著大家像看到偶像般地搶著和小美人魚合照。

我心想，其實，她只是坐在那裡，她只是靜靜的坐在那裡，但就是有一堆人用朝聖的心情，像見偶像明星一般瘋狂的狀態，來找她拍照，來欣賞她，來讚美她，來擁護著她。

但她其實什麼都沒有做，只是坐在那裡。

反之，她只是坐在那裡，什麼都沒有做，就有這麼多人蓄意地傷害破壞她。

但她其實什麼都沒有做，只是坐在那裡。

這就是我覺得最有趣的地方，也是最值得去反思的地方。

究竟「人」是什麼心態呢？其實想想，我們活在的世界不也是這樣嗎？有些人，她生下來就很漂亮，可以得到無數的讚美和擁護；可是她漂亮也不是她自己生的啊，是她爸媽生下她的。但是，她就能得到這麼這麼多、各式各樣的人對她的喜愛。有些人，

他也不一定有做錯什麼，可能就只是長得普通，或者比較矮，或者膚色和我們不同，或者是講話有口音，或者是比較特別。他什麼也不用特別做，他得到的就是數不清的批判、揶揄。

很多事情，人的頭腦有限，想不明白。我們只能不斷提醒自己，己所不欲，勿施於人。

我們說得很簡單，愛你的人很多，不用太在意那些不愛你的人說什麼。

但，說來簡單，做到很難。

因為這是一個境界的問題。永遠都會有人喜歡或不喜歡我們，但那都不能定義，真正的我是誰。

小美人魚，辛苦了。
有機會我再來看妳。

嘿，你為什麼
不要快樂

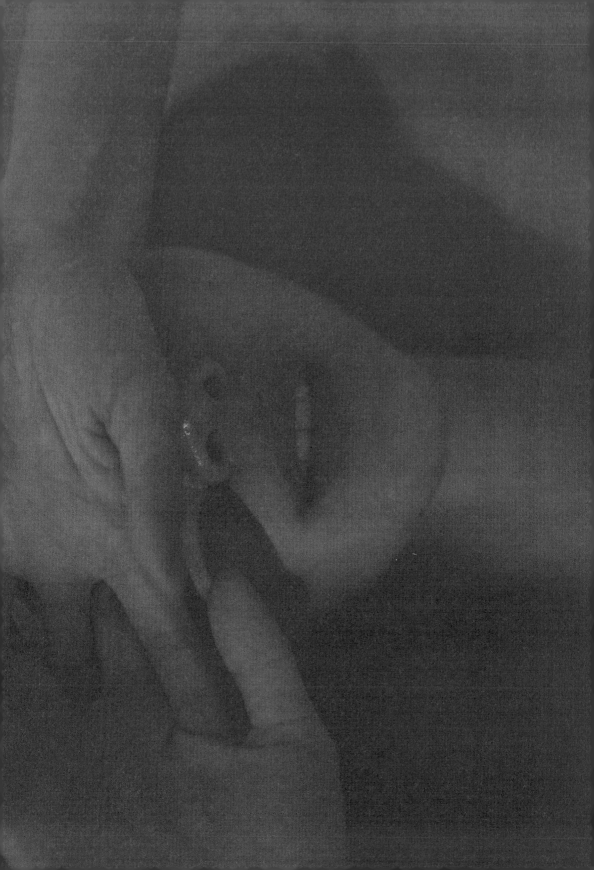

卸下面具
找回最真的自己

真寬

VIVA
Hygge

　　我相信大家都有這種體驗，去國外旅遊或工作的時候，會覺得我好像受到某些事情的啟發，像是找到生活的熱情啦、工作的靈感啦……等等的；但是等到回到日常生活當中，這種感覺好像就會慢慢淡掉，可能本來下定決心回國後要做出某種改變，漸漸的就被忘掉了。

　　但很不可思議的是，我一個人去丹麥旅行雖然已經是七年前的事情了，但那趟旅程對我的影響，卻是一直持續下去的，只是我本來沒有發現而已。直到這次真的要出書了，再去重新整理、細細回想之後，才發現，原來我是注定要一個人去丹麥，也是注定要經歷這些改變。

　　不過說要「一個人去丹麥，出一本書」也說了這麼久，為什麼在今年終於可以完成它？真的是機緣，因為我並不是一個很貪心的人，我覺得要當一個好演員、好歌手已經夠難了，要上的課、要處理的事情已經很多了，就這樣過了好幾年，今年終於想要做一點不一樣的事情，然後，我想起了那個聲音……

　　真的沒有想到會回頭去寫一本七年前沒有寫完的書，但也因為這樣，我開始再去看一些丹麥的書做功課、整理以前的照片，在這些蛛絲馬跡裡面我發現，這一切絕非偶然！

　　我看到一本書裡寫說，丹麥有一個很特別的字叫作「hygge」（讀作 hoo-gah），那是一種生活態度，充滿溫暖和同在感，你很難用一個明確的定義去定義它，從一杯紅酒、一雙毛襪、好朋友聚會，都可以形容成「hygge」，有點像我們說的「小確幸」，但又不太一樣。

　　我用書裡面寫的一個例子來解釋好了，有一個女孩原本在美國念書，總是覺得自己跟大家格格不入，因為在美國，又是年輕人，朋友之間互動比較緊密，休閒娛樂也比較追求刺激，但她就真的沒辦法融入，她常說自己也想交朋友，但要配合大家的節奏對她而言實在是很勉強。直到這個女孩去到丹麥，她就覺得超「hygge」、超棒的，因為丹麥人的社交方式比較內斂，大家不一定要去喝酒狂歡，但可以共享溫暖。

　　我從小在台灣也覺得格格不入，尤其在我的行業裡根本交不到朋友，我又不喝酒、我也不喜歡很暗很複雜的地方、我也不講人八卦，加上我的個性本來就比較封閉，所以我完全不知道怎麼去融入朋友圈。但這幾年我最大的成長跟轉變，就是我開始懂得怎麼跟別人產生連結，所以看到「hygge」這個態度，我真的覺得超「我」的！

　　隨著朋友越來越多，當然也會有一些不同的朋友圈，雖然我不隸屬於任何一個圈子，但我能融入很多不同的圈子，成為其中的一份子，那種感覺就真的是很「hygge」，我們用一種不強求又尊重彼此的方式在交心。

　　雖然我不會動不動就提起那時候在丹麥的事情，也不會常常回想起在丹麥的感受，但是當我這次為了出書做準備，認識到「hygge」這個字的時候，我突然覺得——哇！老天爺你真的很有趣耶！我終於理解為什麼那個聲音要叫我去丹麥，就是要我去那個地方找到一個和世界產生連結的立足點，學會一種生

活態度。

　　過去的人生因為太過封閉而錯過了許多，這樣的契機點，更打開了心門，於是我的生活也就開啟了更多的可能。

　　一個人的「hygge」很棒，但丹麥人認為最棒的「hygge」是有兩到三個人一起分享這份溫暖。對，就是「分享」！我最喜歡這兩個字了！soooooooo hygge！

　　這幾年來，我慢慢找到了我的 hygge 態度，這也是丹麥之旅留在我生命中的一份大禮物。

丹麥最 hygge.

No.1 熱飲

No.2 蠟燭

No.3 鎢絲燈.

我的最 hygge.

No.1. 聊天

No.2 重看舊電影 (例如聖誕節就一定要看愛沒有假期)

No.3 和植物在一起

Hey Kasper!
你還說得我嗎?

08

好久不見！

丹麥人

回台灣之後，七年來沒有再跟丹麥友人見過面，只有透過 facebook 很偶爾才有一點點的互動。但那一年在丹麥，他真的給了我很大的溫暖，也有很重要的紀念意義。所以這次為了書要去丹麥拍攝的時候，我就特別透過 facebook 的私訊聯絡他，好險有 facebook ！要不然我再也找不到他了！他一聽到我要去丹麥，超級開心的，說他完全記得我：「就是那個紅頭髮、要來丹麥出一本書的女孩！」然後迅速約好要一起吃飯。

這次見面跟上次不一樣，會有蠻多工作人員一起，而且過程中還會拍照，他一直有點小擔心，以為我們是要很認真地帶妝髮拍一組照片，他不太能理解我們只是吃飯過程中會拍一些很自然的紀錄照而已。他雖然覺得有壓力，還是很貼心地跟我說：「如果拍照會讓妳開心，那我們就拍吧！」

雖然言談間感覺有點像老朋友，可是認真講起來，我們只是萍水相逢的陌生人而已啊！我連他是做什麼的都不知道……。我也很擔心這次碰面會覺得尷尬，還怕見面的時候不

認得對方，很可愛地先互傳了現在的照片，讓對方知道「我現在長這樣喔」！不過見了面之後就發現，一切根本都是白擔心的，他除了變胖了一點之外（他自己說的喔），完全沒變，而且，哇塞！他之熱情的，跟一開始傳訊息用文字溝通還有點陌生完全不同，我們就像看到多年老友一樣熱絡，而且他發現原來我之前跟他講的拍照，真的只是吃飯過程中很輕鬆地拍一下之後，他就完全放開來跟所有人聊天互動。

因為我們那天吃飯的桌子是長桌，一開始他原本坐在我旁邊很熱情地跟我聊天，後來我發現他有點坐立難安，原來是他覺得大家座位離太遠了，他沒辦法照顧到所有人，所以他一直站起來看我坐在最邊邊的朋友，不停碎唸說：「我們應該坐圓桌的！妳看這樣我都沒辦法跟他們講到話，我也很想認識他們！」我覺得這實在太有趣了，他明明是丹麥人，結果熱情好客到感覺很像台灣原住民有沒有？未免也太 open mind 了！最後他真的活躍全場，不停分食物給大家吃、不停講丹麥笑話逗大家笑，但根本沒人聽得懂！

　　我也才恍然大悟，老天爺的安排真的很巧妙，怪不得當時我能跟他聊成那樣，因為以前的我是蠻封閉，得失心又很重的人，大部分時間我只看得到我要達到的目標，對別人不是那麼放鬆、也不是那麼慷慨。我也很挑人說話，就是大家可以想像的、典型藝人那種防衛心很重的狀態，如果不是他正好會講中文、不是正好有這麼善良純粹的個性，我或許不會也不敢跟他講第二句話。所以我更加體會到，很多事情真的有神奇的安排，不是我們能掌控的。

　　隔了七年再見到他，歷歷在目地回想起，第一次遇見他的時候簡直就像是遇到救星，在這麼遙遠的國家有一個人聽得懂我在講什麼、給我一些幫助；但這次再見面，我已經不是那個很無助、不敢跟別人說話的小女孩了，「我長大了」！某種程度來說，我覺得他也是那個見證了我七年來改變的一個人。

　　這真的很奇妙，大概也只有「緣分」兩個字可以解釋了，我那天特別問他：「丹麥有這個字嗎？就是緣分。」他說沒有，

其實英文也沒有這個字，英文只有 Fate、Destiny，可是其實意義上還是有一點點的差別，緣分聽起來……還是很舒服吧！讓大家會很珍惜「有緣千里來相會」那種感覺。

一直很喜歡一句話：「所有的相遇都是久別重逢。」這是真的喔！不是一句浪漫的話而已，朋友沒有在分新的或老的，就算只是同桌吃飯，都是累積了好幾世的緣分才能聚在一起。

這次要道別之前，我們帶著一點微醺在丹麥的深夜街頭一邊哈哈大笑、一邊大唱「夜夜夜夜」！我也不記得為什麼會突然唱起這首歌！所有人都玩得很瘋、很盡興，那時他問我：「下次見面不會再是七年以後吧？」我沒有答案，但我相信緣分一定會讓我們再見面的！

謝謝你！丹麥人！
下次再見了！丹麥人！

什麼？
我走在
最前面？

機場，在即將要前往丹麥拍攝的路上，我一直走在最前面，一邊還要不停回頭看那個誰誰誰跟上了沒有。

我的攝影師 Hedy 是第一次跟我合作比較大的作品，相對來講是整個 team 裡面跟我比較不熟的，她問我：「喬喬，妳上過人類圖的課嗎？妳是生產者嗎？」

啊？！我一頭霧水，我是聽過人類圖啦！但生產者是什麼？

Hedy 說：「生產者就有點像是工作狂，還帶點奴性，只要你給他一個任務，他就會一直做一直做……，有點像工蜂那樣！」

什麼？！哈哈哈，我當然不是那種人啊！我是每次出國不是掉手機就是掉相機的生活白癡耶！而且我從小到大都是思想的巨人、行動的侏儒，每要踏出一步我都要想很多很多，行動力超弱的我怎麼可能會是什麼「生產者」？

　　但同時，我又覺得這實在太有趣了，沒想到不知不覺，別人看我居然變成了那樣的角色？

　　或許是因為這本書是我的心路歷程，所以從一開始我就非得參與不可，不論是跟出版社開會、跟攝影團隊開會，我都要不厭其煩地告訴大家，不！這不是一本寫真書，對！這是一本跟心靈成長比較相關的書籍，是講我這十年來的心路歷程⋯⋯。我必須要讓所有人都很清楚知道我們在幹嘛，而不是各做各的，才能真的把這本書的精神表達出來，自然而然地，我好像就變成這本書的企劃統籌了。

　　這本書的前置作業非常久，這幾個月下來我才終於了解，原來經紀人以及幕後工作人員的工作有多麼辛苦，在這邊還是要先說聲：「感謝大家！」

　　以前不管拍戲或工作，常會有人問我想不想當導演？對劇本有什麼意見？我都覺得好麻煩喔！也或許是因為太年輕入行

了，所以不敢多給太多建議，覺得演員把戲演好就夠難夠累了，我才不要當什麼 leader ！但出書這件事情不一樣，這就是我的真人真事啊！藉由別人的口去轉達的，不見得是我的想法，所以我必須親自去溝通，雖然什麼事都要親力親為很辛苦，但我完全心甘情願！

這下子，連我自己也覺得訝異了⋯⋯做這本書好像做到我人格特質都開始轉變了，以前工作時我總是走在最後面的人耶！為了寫書，我更立體出身為藝人的定位、開始同步做這麼多事情，甚至連選戲、選歌、自媒體的操盤等等，我都變得很積極參與，然後才驚覺——天哪！這就是傳說中的蛻變嗎？

某一天，我的影像處理收工後也跑來跟我說：「喬喬，妳真的是女超人！妳同時做太多事情了！」從小我就知道自己很能吃苦，但入行快十六年，確實從沒想過自己能夠如此打開視野的格局，有一天居然會用製作和企劃的角度來操盤自己身為藝人的這個品牌。

　　不足的還太多，但每一個人真的無可限量，無須框架自己，人是真的有可能改變的。當面對挑戰的時候，千萬不要被自己限制住，如果你覺得此刻承擔得起，那就來啊！可能三年後，我的心態又跟現在不一樣，但那又怎麼樣？只要能讓自己變得更寬廣就好，擔心那麼多也沒有用，就順從自己當下的心意，去突破，做就對了。

　　我也不知道發生什麼事，這個性格上的轉變說來就來了。可是我終於更覺知到我是怎麼樣的一個藝人，更明白自己想要傳達什麼訊息給這些有緣聽到我聲音的觀眾、聽眾或是讀者。如果我不積極，不用心，那不如就不要做！

　　畢竟，不是每個人都能那麼幸運地擁有那麼多機會，所以我從走在最後面的人，變成走在最前面的人。

10

原來啊，我是綠色植物。

從小就知道我媽媽喜歡花，年紀小小的我其實不明白花有什麼特別的，只覺得喜歡花的媽媽，很美很有氣質。長大的過程當中，自己對於工作有很大的衝勁和抱負，很少時間停下來看看身邊的風景，享受生活。直到我 24 歲，是我第一次覺得，想要把時間花在工作以外的事情，想要有一些全新的學習，於是我開始接觸花藝。不知道喜好是不是會遺傳？果然一接觸花藝後，就深深愛上，開始學著細膩品嚐跟植物相處的時光，欣賞花朵的美，感受每朵花的獨一無二。動手創作的過程，很踏實，好享受，也重新組織著自己對於美的全新感受。

碰到很多花藝老師，他們都說：「很多人都是因為喜歡花而開始接觸植物，可是到最後都會愛上葉子。」我聽了都覺得怎麼可能，當然花才是最美的主角，怎麼可能會更愛葉子？

但一年一年過去，彷彿預言實現，我也開始愛上葉子。

有很多媒體朋友都知道我很喜歡花，很喜歡植物，所以不

只一次有記者問過我這個問題：「妳覺得自己是哪一種花？」其實我每次都覺得很難回答，因為我真的想不出來自己像哪一種花？我覺得很多花都太美了，我也非常非常的喜歡花，但是你說我像哪一種花……，我好像真的回答不出來。

　　我好像真的不會把自己比喻成花。於是我覺得我回答得最貼切的一次，是滿天星。因為至少我清楚明白，我並不想當那唯一的焦點，我想輕輕柔柔、不爭不搶的、穩穩地存在。我想傳達的是：輕輕柔柔的存在，也可以很有重量。

　　也怪不得，每次參加各種頒獎典禮或盛會，要走紅毯前媒體訪問我有沒有信心成為紅毯前三美或前五美？我都不知道要怎麼回答。我根本沒有這樣的慾望。

　　選擇自己最舒服自在的樣子，像綠色植物一般，大大方方，穩穩地存在著。這對我來說，才是最重要的。現在終於懂了：原來啊～我不是花！我是綠色植物啊！

現在，我愛上綠色植物，更勝過花。不是因為花不美了，花依然是那麼的美，只是我知道自己最自在的樣子了，所以再也不用互相比較了。葉子不爭豔奪目，可是葉子百搭百中，他可以是主角，也可以在旁，輔助別人成為主角。

在丹麥，我們參觀了一個很美的植物園，也拍得非常盡興，像回家般一樣的溫暖。但不知道是不是相由心生啊？在發覺到自己最自在的特質就如同綠色植物一般之後，走到哪都好容易碰到好多好美好美的植物。而且每次拍攝時，植物只要圍繞在我的身邊，整個畫面就協調到不行，彷彿有著主場優勢。有時候大家看著我在那自言自語，其實是我在跟植物說謝謝，因為他好漂亮，好溫柔，又那麼堅韌。

和植物同在，好療癒，好舒服。每次和植物在一起拍出來的照片也都美到頻頻讓大家興奮尖叫。

在植物園拍完的那天，我很雀躍地提高音量跟我的團隊說：

你們說，葉子是不是超美？

　　大家說：「是～！」
　　我又問：有時候是不是比花還美？
　　大家就超 high 的說：「是～～～～！」

　　等我們重新找回了自己最真的樣貌，開啟本有的力量，我
們沒有高低，沒有分別，絕對平等。我們各美各的，每個獨立
個體，閃閃發光。

　　那有多棒！

　　願我真的像綠色植物一般，溫柔親近地與自己和他人同在。
像綠色植物一般，柔軟而堅韌。像綠色植物一般，可以是青草
般的小清新，也可以是霸氣紮根的大樹。

找平衡

　　我的個性很矛盾。雖然說，我從不是故意要當什麼 leader，可是我從小個性就比較強勢，就是很容易會被選作班長或隊長的那種人。我的得失心和好勝心也很重，所以我可以帶領我的班或者我的團隊得很多獎，但大家不一定會喜歡我甚至會討厭我；這種總是無法融入團體的孤單和故作堅強，其實是我小時候心裡很大的一個痛。

　　我不知道要怎麼讓別人喜歡我，在求勝跟不討人厭之間，我找不到那個平衡。14 歲出道成為藝人後，壓力更大，即使知道我不夠關心別人，可是我自己都泥菩薩過江了，實在沒有餘力去多為別人做一點什麼。可以說，我就是個戰鬥機器，我眼中只有目標，我知道怎麼考第一名、怎麼競選班長或成為學校的意見代表，我有說服別人的口才，我知道怎麼帶著團隊得名得獎，但我不知道怎麼帶領著大家很團結很歡樂……。

　　在不斷的失衡當中，得到憂鬱症。從十九、二十歲開始，我就去上很多心靈成長課程，找尋著自己信仰的道路。我用了

很多的方式去體驗了解所謂生命，細膩去覺知自己內心的聲音，不斷嘗試什麼樣的方式才能讓自己的心靈更強大。終於慢慢懂了，力氣要用對地方才能借力使力，也明白了，是不是第一名真的不是最重要，最重要的是過程，是大家一起參與一件事、完成一件事的快樂。如果從來不曾全力以赴，一同團結共心，那麼就永遠不會體悟到過程真的就是最最最重要的。

「得失心」這件事情在這幾年已經不像以前那麼困擾我了，我更發現我好像不是那麼愛現，步調也慢了起來，如果有上輩子的話，我一定曾經是歐洲人，或者是在部落生活的原住民，喜歡比較慢的生活節奏。

那感覺很像小時候在我個性裡很衝的戰鬥機器退場，變成低調隨和、不爭不搶的老靈魂登場，可是這對藝人工作好像也不是什麼太好的特質，我不會想要去爭當紅毯第一美、爭誰最亮麗動人，我覺得大家都各美各的這樣不好嗎？常常我吃一頓飯可以吃很久、我跟人聊天可以聊上三四個小時都忘記拿起手

機來看工作。所以這幾年每次記者問我有什麼企圖心，我都答不上來，我其實沒有什麼太大的、絕對的目標，我就是把手上的工作認真地做好而已。

　　曾經有一段時間，我很迷戀在自己的世界裡面，我可以反覆聽一首歌、看同樣的一部電影很多次。有一次去紐約玩，我幾乎每天都待在家裡，還有到樓下的咖啡廳或公園晃晃，一直到我朋友看不下去，把我拎去布魯克林大橋還有一些知名的景點，覺得我人都到紐約了不去那些地方走走像話嗎？但是 why not？我住的樓下附近就有很好吃的馬卡龍，我可以天天去吃，再到公園散步一下就回家，有什麼不好？真的沒有什麼不好，在那樣的狀態底下我也非常自在，但我現階段有我應該要突破的議題，所以要讓老靈魂稍微再收回去一點。

　　我終於找到了自己在這個行業裡的定位，我出書、拍戲、出唱片、開演唱會、經營自媒體，日子真的過得很忙，每天的行程也是一個接一個來，雖然以前工作也曾經這麼緊湊過，但

那是被安排的,就像上班一樣,妳沒做完這些事情不能下班。
現在不一樣了,因為有願景,因為發覺了分享是自己的天職,
所以我願意去承擔更多事情,就算沒有工作我還是要去上課、
要寫文章、要開會,而且就算沒人要求我那麼做,我也會去做。

有的時候猛然停下來,真的很想問問自己,妳哪位?雖然
有點不習慣,但現在的我不再只是一味地爭輸贏,而是開始懂
得享受和大家一起全力以赴的過程。我很喜歡蔡康永大哥說的,
「沒有上進心不是一個過錯,但你一定會錯過。」這就是我現
在的心理狀態。

珍惜時間,時間最貴。其實想想過去那麼拼命的我,年紀
小小就能吃那麼多苦,也不是一種錯,只是失衡了。現在知道
了每一種特質都是一體兩面,沒有絕對的好或不好,而每個階
段性的任務都是不同的。

平衡,需要智慧。

向內看

　　從小到大，我們受到的教育，都是教導我們不斷「向前看」。卻很少有人告訴我們，「向內看」有多重要。

　　近期才認識我的人，可能很難想像以前的我既封閉、又憂鬱。在陷入低潮的那幾年，我努力的找答案，終於才發現，所有問題的答案其實都在自己身上。

　　從小學開始，我就是一個容易淺眠、失眠的孩子，可能是因為太早出道了吧！而且還沒當藝人之前我就是運動員，同學在玩的時候我們已經在拚死拚活地受訓。我給自己很大的期許，身邊不少大人也對我有很高的期望，帶來了巨大的壓力。但我不怪任何人，是我引發他們這麼做的。

　　我曾經很討厭我是那種乖學生個性，覺得好煩哦！別人都很叛逆很有特色，但我就是不抽菸、不喝酒、沒有花邊，很容易就會被認為沒個性，但我明明很有個性啊！我到底要怎麼證明呢？尤其是在演藝圈，因為低調就沒新聞，沒新聞就沒有能

見度，我再努力也不會被看到。剛好當時遇到合約上有需要釐清的地方，我必須暫停所有工作，那我還能靠什麼來證明我自己呢？只好想辦法從心靈層面去突破自己，調適內心的不平衡。

　　人會陷入憂鬱或是負面的情緒，就是因為有很多的對立，總覺得是因為別人這麼對我，所以我才變成那樣。但很多時候，是因為你的內在是這樣，才導致你外在變那樣了。

　　慣性抱怨的人真的要想想，有些人跟你在同一個公司，人家也很開心啊！有些人一輩子都待在台灣，他也很開心啊！為什麼就你不開心？有人生長在和你一模一樣不景氣的大環境裡，但人家的事業也殺出了一條血路啊！

　　你有沒想過，為什麼呢？

　　你要有 guts 去承擔這個責任。

怪別人當然比較輕鬆，但怪別人，沒有用。

我自己也曾經覺得，就這樣吧！我曾經也站在要繼續還是要放棄的十字路口，非常迷惘，但是後來我很幸運地碰到很多很多的貴人，慢慢走向自己覺得很踏實的一條路上。

我相信生命有答案，只是我們有沒有碰到那樣子格局的人來教導我們。所以現在，當遇到我欣賞的老師，我會把頭低下來學習。

碰到高人，就要謙卑的把頭低下來學習。

如果夠謙卑，就會發現處處是高人。

其實我常常都會覺知到自己還是太傲慢了，而且時常都是非常隱晦的傲慢，所以不斷提醒自己要彎下腰來學習，是很重要的，如果夠細膩，就能發覺每一個人身上都有值得我們學習的。

　　我們要能夠靜下來與自己相處，但自己看自己，就是容易充滿盲點，這就是為什麼再偉大的運動員都有教練。所以我們需要朋友、家人、夥伴、老師、大師，和我們一同走在這條向內看的路上。

　　所謂的向內看，懂得和自己相處，並不是變成一個更自我的人。這十年來不斷「向內看」的過程中，曾有老師和一些比較親近的朋友告訴我，我的個性有一個特質，就是對生命的熱情非常強大，這讓我即便很厭世、很絕望，但是，我就是沒有放棄。

　　我不覺得這有什麼厲害，不過可能是因為這樣的特質加上內心的聲音，才讓我真的一個人踏上丹麥的旅程，尤其像我這種生活白癡能平安無事回來，對大家來說也是種鼓舞。

　　我覺得那個力量很神奇。畢竟，大道理誰不會講？隨便一本書的道理都讀不完，還需要誰教誰嗎？但因為我們有緣分一

起分享這些，然後你又被這樣奇妙的能量引發了你心裡真正想要的，讓你有信心和動力去完成你要做的事情。這比較像是一種引發式的實驗，我這樣走出自己的路了，那你要不要走走看你自己的？要不要靜下來，向內，聽聽自己靈魂深處的聲音？

也有可能你今天走出去，發現這條路走不通，那說不定是老天沒有要你走這條路，只能試著聽從心裡的聲音，試著開發新的局面，如果行不通，那再換條路走就是了！不要急著為自己貼上成功或失敗的標籤。在這其中全力以赴了，過程就是無價了。

大概從五年半前我才終於不再失眠，不再動不動就陷入憂鬱和自我懷疑，現階段再提起以前的種種煩惱，也不是想要討拍，因為已經都過去了。我只是覺得，如果希望我的故事能讓有相同狀況的人，得到一些陪伴感或體悟，那我曾經經歷的那一段黑暗，就不能不提。

　　我相信分享是一件很 powerful 的事，人跟人之間真心的互相關心是很 powerful 的事，不要小看這些事。我想讓大家知道，憂鬱是可能在任何人身上發生的，並不是天生漂亮、天生身材好、天生際遇好的人，就一切都順利，這對我來講是很荒謬的解讀。我跟大家都一樣，會失去信心、會鑽牛角尖，我其實沒辦法說出過度勵志矯情的話去鼓舞大家，但我們同在，一起經歷這些挑戰和過程，你要試著相信，總有一天，會出現曙光的。你要知道，造物主造了你，祂永遠不會放棄你。

　　我突然想起小時候自己的歌裡有句歌詞：相信就會有奇蹟。

13

我就是老套！

　　我以前會覺得，我之所以不快樂是因為環境的關係，環境不景氣、身邊的人不懂我、工作不順利……才造成我不快樂，也因為這樣，才讓我大老遠地飛到丹麥，去了解丹麥人為什麼快樂？

　　我說過，當我認識丹麥朋友的時候，就很好奇地問他是不是也覺得丹麥是全世界最快樂的國家？他告訴我，或許社會福利非常好是所謂讓人民覺得快樂的原因，但他身邊也有許多朋友不覺得那麼快樂呀！

　　「一個人快不快樂是心態問題，而不是環境。」他一直這麼強調。

　　這個答案讓我有點驚訝，因為我們總是覺得外國的月亮比較圓嘛！以為到了國外看到美景、吃異國美食，所有的煩惱就能被拋到一邊，但事實上不一定是這樣。

　　就像我當年一個人自己去丹麥，或是這次為了寫書去丹麥取景拍攝，都有人覺得太羨慕了，可以去全世界最快樂的國家。當然，我自己在丹麥的經驗是很好的，我覺得原因之一，是我跟這個地方的緣分很深。我們在丹麥真的遇到超多好人，去到很多地方對我們都非常歡迎，不像有些國家如果要進行攝影工作可能會被趕來趕去，或是態度不是那麼的尊重，但丹麥幾乎沒有這種狀況，甚至是貴重物品弄丟了，不管東西再怎麼貴都找得回來。

　　一個地方大部分的人都這麼 nice、這麼 peace，很容易讓人家覺得：哇！難怪他們可以那麼快樂。可是你真的去問一個丹麥人，他也會跟你說他身邊有很多不快樂的人。所以這幾年來我也漸漸體會到丹麥朋友告訴我的：「一個人快不快樂，重要的是心態，不是環境。」

　　可能我內心也慢慢取得平衡了，不會像小時候那樣太好勝、太鑽牛角尖。所以我現在也覺得，對啊！我在台北也很快樂啊！

一點也不會想要移民去哪裡，也不會動不動就想逃離現在的生活，出國體驗幾個月。重拾了知足、快樂的能力，不管去到哪裡，我都很怡然自得，這樣的心態，才是我從丹麥人身上學習到的快樂哲學。

　　這一次出發到丹麥之前，我為了做功課，看了一本丹麥的書，作者在 ending 的時候寫了一章我非常有感，他説丹麥人為什麼會對幸福快樂感受度這麼高，是因為丹麥人懂得細細品味，但什麼是細細品味呢？就是有一顆懂得感謝的心。如果你對食物很感謝，你就能品嚐到食物的層次和深度；如果你對家人、朋友、環境真心感謝，你就能體會到其中的好，於是你不會再一直需要新鮮感，你會對自己的現狀感到滿足。

　　我看到這篇文章的時候非常有感，因為我近年來最常講的兩個字就是——「感恩」，我知道很多人會覺得這很老套，但是 OK，老套又怎麼樣？我就是真的這樣感覺啊！那本書的作者也是這麼説的，就算聽起來很老套，但沒辦法這就是事實嘛！

　　很多人可能也會覺得，少跟我講這套感謝和感恩的東西，但這就是一個真理。我以前也以為，只要好好感受生活，就能體會到快樂，但「感受生活」是什麼啊？太抽象了吧！是關於品味嗎？打扮嗎？還是居家佈置？到最後發現，其實都不是，關鍵在於「感恩」，你深深感謝你所面對、所擁有的一切，你能體會到的層次深度就不同，發自內心的滿足感，就能帶來踏實和快樂。

　　所以我們不會再需要急著逃離一切，不再需要急著飛到米蘭追求時尚，或一定要飛到巴黎追求浪漫。因為真正的快樂，是心存感恩。

'14

cheers！

敬我們彼此

掀起的

一波高潮！

Surprise!!!

　　七年前去哥本哈根的時候，有個我非常期待的景點，就是我在哥本哈根要住的飯店！那間飯店最特別的地方就是：每個房間都長得完全不～一～樣！而且都是由不同設計師所設計。更有（刺）趣（激）的是什麼大家知道嗎？那間飯店在訂房的時候只能選單人房或雙人房，不能選要住哪種設計的房間，這實在是玩很大！因為每個房間的設計風格差超多，有的很極簡、有的很華麗，有的烏漆抹黑的，也有那種整間都是冰冷的白色磁磚、就像病房一般的房間。總之我那時候是抱著既期待又怕受傷害的心情，畢竟我當時內心狀態不是那麼穩定，實在不想要住在很恐怖的房間裡。還好，最後我住到一間很色彩繽紛的房間，如果沒記錯叫作「Sleep Well」，雖然不是我最想住到的，但那種很像在等樂透開獎的感覺也是很大的樂趣！

　　所以這趟要出發之前，我就跟工作人員說我想來玩這個遊戲，我們再來訂一次那家飯店，讓整個 team 一起來享受這個驚喜──或是驚嚇。而且我嚴格規定大家：「統統都不准事前知道！」因為這不是一本寫真集，不需要那麼多美的照片，雖然好

死不死我就是個女明星，我們 team 又都這麼的強，一個不小心就會拍得很美，大家很容易就陷入「要不停拍出美照」的陷阱裡。

　　我一再強調，我希望在一個沒有任何計畫的狀況下，拍出更有生活感的東西，醜一點、亂一點，都沒有關係。我還一直安慰大家說，如果進到房間大家覺得很醜，沒什麼好拍的，那就放輕鬆，睡個午覺也沒關係嘛！但是，萬萬沒有想到，情況真的完全超出我的預期！一到飯店，屏息以待推開房間的門……surprise!!!!!

　　我真的快要瘋了，不是因為它超有設計感，不是因為它很醜，不是因為它很奇怪，不是因為它很恐怖，什麼都不是！而是因為它變得超～無～聊！飯店改名了，雖然一樓大廳還是很有設計感，但一進到房間，大家的心都涼了，因為就是一般的飯店房間啊！這下子驚喜真的變成驚嚇了！我邊勘景心裡不斷碎唸著：「莫急莫慌……莫急莫慌……」（可想而知我有多慌），但我沒忘了進飯店前的灑脫和豁達！大不了大家聊個天、睡個

午覺嘛～真是的，有什麼好怕的！先開瓶香檳再説！

　　心這麼一鬆，念頭一轉，大家邊聊天邊開始靈感冰冰蹦蹦的冒上來，既然這個房間可能跟我們平常住過的飯店房間沒什麼不同，那我們也可以來拍一些「旅行中的日常」呀，塑造出我出門前在飯店裡享受獨處時光的樣子。大家馬上開始丟出一些參考的範本，現場蒐集可用的道具，跟同事拿太陽眼鏡啊！飛奔出去買指甲油啊！找記事本啊！那天在那個房間的拍攝，絕對是這一趟旅程的其中一波高潮，我們把所有平淡無奇的場景都發揮到淋漓盡致，連浴室裡的馬桶跟浴缸都拍到超 high 的！其實這也很好笑，哈哈哈哈，在浴室到底 high 個屁啊！但也因為這樣拍到很多非常自然的表情，拍出很多很酷的照片，畢竟我們的照片當中沒有這種調皮又時髦的風格，我們一起成功地把驚嚇變成驚喜！

　　那一天拍完，我的化妝師就來跟我說：「喬喬，有彈性真的很重要對不對？」真的，心態怎麼轉換，結果就會不一樣。

　　在拍飯店的前一天，我們本來只是要走去吃飯，路上經過一棵很大的楓樹，我穿著私服就在那邊拍起來了，因為太好玩了！有一棵這麼大這麼漂亮的楓樹在這裡，就算不在行程裡面又怎樣，我們就是想拍啊！對我來說，工作人員玩得很開心也很重要！當然我們是來工作，不是來玩的，但是我看到大家都拍到自己覺得很好的照片，我也覺得很棒！所以當下我就發了一篇文，寫著：「生命就是很有彈性，而且沒有任何的意外，一切都是緣分。」如果有 follow 到我那篇文的朋友們，你們現在知道背後的故事是什麼了吧！

　　要是那天在飯店房間，大家帶著一種期望、設定好今天一定要拍到什麼，那我們就會很失望地離開；可是因為我們很團結、很有彈性，所以反而在一個看似平凡的房間創造了一波新的高潮。我覺得生命就是這樣子，走到哪裡都有東西可以學；遇到問題或麻煩，別急著大驚小怪，以「靜」和「定」去面對。

　　有彈性，真的很重要！

　　你以為的大便，有時候是一份大禮。

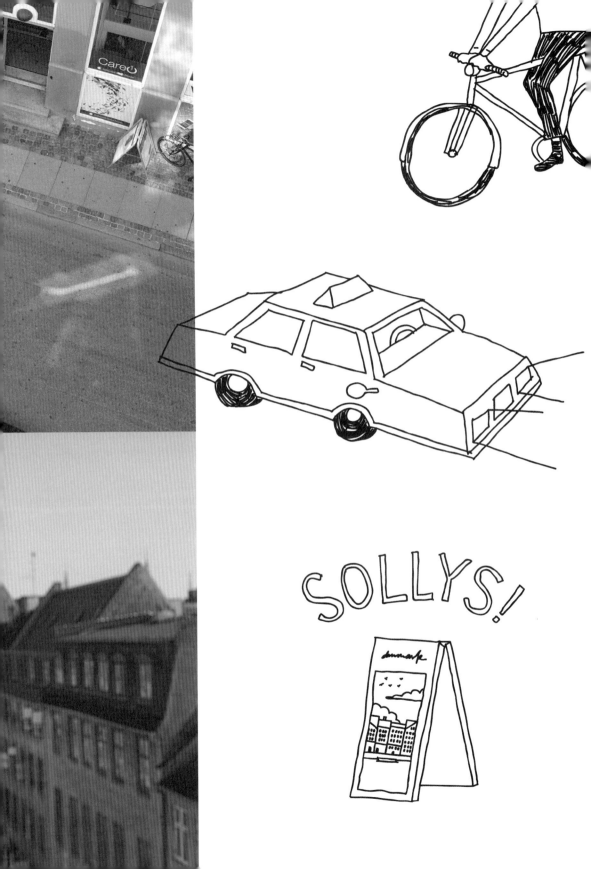

SOLLYS!

誰可以
美成這樣
當然是我最美呀！
wow！

一個人
與一群人
的丹麥

　　七年前在出發去丹麥的時候，我內心是處於非常迷惘的狀態，但我逼著自己必須要去完成這個任務，不然我心裡一直覺得自己很沒用，這麼酷的事情發生在我身上，我卻不敢去做，試想人生有多少機遇能被賦予一個很特別的使命？再加上那時候我已經開始上心靈成長和應用心理學等等課程了，很多人都非常支持我去實踐內在的提升，不過也不少人看衰我就是了，覺得我這種大路癡一個人跑到丹麥去鐵定完蛋！我人生中有好幾次是連護照掉在地上自己都不知道，還被路人撿來還我，真的有夠扯。我朋友還叫我要把大使館的電話寫在自己手上，萬一暈倒或是冷到說不出話來，路人就可以打電話給大使館來救援，雖然講得很過分，但我知道大家其實都很擔心我。

　　可是～從頭到尾我只掉了一支護唇膏哦！這點我蠻自豪的，因為我每天出門就規定自己，錢包放右邊口袋、手機放左邊口袋，什麼東西都要各就各位，嚴格成這樣子其實壓力是有點大，但我覺得這也是自我訓練的機會，因為我就是徹徹底底的一個人，自己不好好照顧跟管理自己，還能依賴誰？

　　我那時去丹麥的時候是冬天，正好遇到永夜的季節，明明心情就不是很好，還要挑黑夜比白天長的時候去，我簡直是自找麻煩嘛！但其實我沒有特意安排什麼時候出發，只是在工作空檔能走就走，反正我就是鐵了心要去。我記得那段時間早上十點多才天亮，下午五點就天黑，不過剛好遇到聖誕節，可以想像童話之國會有多漂亮多夢幻！果然，每天放眼望去真的很漂亮，聖誕氣氛濃厚，經過每一戶人家的窗前都是聖誕燈裝飾，然後一家人在裡頭和樂融融地吃晚餐。只有我是一個人，感受加倍深刻也加倍淒涼，特別能夠體會到「一個人」這個事實。

　　我想那一次，老天爺就是要讓我學習怎麼跟自己相處。

　　第一次去丹麥，我只有自己一個人，大家應該聽我反覆說過好幾遍了，不管是出發前或是在當地，我怎樣就是找不到人陪！而再次去丹麥，是為了出書拍照，還帶了一群工作人員一起，再也不怕沒人陪我吃飯，每餐都熱鬧得很！

　　這一趟拍攝行程其實很緊湊，幾乎沒有什麼觀光跟 shopping 的時間，但這是第一次出國有這麼多工作人員跟我說謝謝，謝謝我帶他們來丹麥。我問他們不是也常出國工作嗎？大家異口同聲：這一次真的是太開心了！我忍不住思考為什麼大家會覺得這次出國工作特別地開心？我們幾乎每天都拍到晚上九點多，很辛苦耶！後來大家跟我說，可能是因為這次拍攝地點絕大多數都是我在七年前曾經走過的，他們好像陪著我又體驗了一次當年的心情。

　　每到一個地方，我都會跟他們分享我曾經在這裡看過什麼、遇見那些人、有誰幫助過我，他們也和我一起再次跟丹麥朋友見面。大家一起旅行著，一起在丹麥踩著每一個有故事的景點，讓所有人一同體驗，過去我所經歷跟感受過的。所以如今一切對他們來說，也是那麼的真實、有趣且充滿感觸。

　　如果只是為了拍照，其實我們在前兩天拍的照片大概就已經很夠用了，我的工作團隊很專業，所以精采的照片已經有夠

多了，真的不用那麼辛苦地把每個點都走完。不過我想，整趟行程中最重要的，就是能夠親身地再次體會，也讓我的團隊陪著我走一次七年前我走過的路、感受每一件事對我的意義，才是這本書的精神厚度所在。從聽到「一個人去丹麥，寫一本書」這個聲音開始，帶著十分期待、更多擔心害怕的心情一個人踏上旅程，到這次有一群工作人員跟我一起走，前後雖然花了快十一年，但我終於即將完成這個任務。

希望那些陷入憂鬱、對夢想感到絕望的人，能夠透過這本書感受到一點溫暖，也能從我的經歷得到一些鼓勵。生命是無常的，沒有人知道明天會發生什麼，我不會過度樂觀的和你說明天一定會更好，因為我真的不知道。不過我想跟你說，生命充滿希望，無限希望，真的有光。

吃飯不要講話謝~

I LO

好擋我！
我只好讓攝影師
把妳的臉裁掉 XD！
HAHAHA

妳就妳在完什麼，
……？

安好！
這次有人一起合照 ♡
有人幫我拍照

寫一本書
送30歲的自己

禮物

16

你過了沒哭

再次在機場等待發往丹麥的航班，這一次，終於真的要完成這一本書了⋯⋯，想到這裡，千頭萬緒湧上心頭，我覺得我好想哭⋯⋯

但是等等等等，要先自拍幾張照片上傳和大家分享要再次飛丹麥的心情！這麼特別的一刻，真的太激動太想和大家分享了！Hold 著情緒先拍個照，真的快哭出來了⋯⋯

欸？搞什麼！我的音樂會網路宣傳發稿居然大掉漆！照片上我的頭居然被卡了一半！未免太不專業，趕快給我撤下來！（後來居然還重新上傳了三次才搞定）好了，這下子哪裡還有那麼多感性的情緒可言，就在不停地處理一堆緊急事件的狀況下，飛到丹麥去了。唉，其實我覺得也好啦，這就是我那莫名其妙的蛻變期，沒有時間再沉浸在情緒當中了，給妳五分鐘自溺一下，夠了！開始工作吧！

出發之前，我的工作就已經是滿檔的狀態，想要盡可能地

把書的前置作業全部完成；到了丹麥之後，也是馬不停蹄地投入拍攝工作，真的是從早拍到晚。但去到每一個景點，我的感觸其實都很深，尤其第一次是自己一個人來這裡，所以印象特別深刻。還有一種感覺也很奇妙，就是我覺得所有東西在我眼裡都變小了，奇怪，我也沒有長高啊！一路上一直很納悶，這條路有這麼小嗎？那個教堂印象中不是很大嗎？

其實我心裡很清楚，不是丹麥變小了，是我的內心變強大了，七年前那個小女孩，那麼害怕也要硬逼自己踏出這一步；七年過去了，我經歷了那麼多的事情，內在不斷地成長茁壯，再次來到丹麥，我已經不再是那個徬徨又封閉的小女孩，看到的景物自然也不像印象中那麼巨大，這種心理感受上的轉變，真的很有趣。

就這樣工作了幾天，到了倒數第二、三天的時候，攝影師毫無預警地突然蹦出一句話：「妳來這邊哭過了沒啊？」
我只能苦笑回答他：「沒！沒時間哭！」

　　對的，要不是忙到沒時間，我一定會哭很多次，被這麼奇妙的緣分牽引，加上我又是一個很戲劇化的人，只要給我一點時間沉浸到情緒裡面，我一定說哭就哭！但沒辦法，工作就是這麼滿，所以每一次感覺一上來，我都會告訴自己──OK！點到為止。

　　唯一一次我在拍照的時候哭，就是在丹麥海邊的公立游泳池，那組照片的靈感來自於一部影片，裡頭的女生穿著一件大紅禮服在黑夜裡奔跑，雖然沒有拍到她的臉，但可以感覺得出來她在哭。那種反差更加地孤獨，就像藝人們，在光鮮亮麗的外表下，即便跟別人說再多次有多麼辛苦，大家也感受不到，絕大部分的人，就是只能看到表面。所以在拍攝的當下，穿著那套華麗的禮服時我哭了。不過這樣的情緒並沒有無限放大，因為我們沒有時間，哭完拍完，就收工去吃飯了。

　　直到最後一天早上，一醒來，眼淚就流下來了，因為我終於有時間哭了！！

　　那天眼睛一張開，我就好想聽《親密愛人》這首歌，我想起我七年前初到丹麥的感受，對照此時此刻，那是一種我很驕傲、我完成了這件事情的感覺，也讓我再一次思考了所謂愛自己以及愛別人之間的拿捏。

　　其實我現在越來越相信，沒有什麼自己與他人的分別，如果一個人很愛自己卻不愛別人，那他只是一個自私的人。只有懂得接納自己、對別人也抱持寬容的心，那麼自然而然的就能夠愛自己，也會有能力去愛別人。

　　這七年我走得很慢，但我還是穩穩走到這裡，找到內心平衡的力量。在離開丹麥前的最後一個早晨，我想我終於可以安心的哭一會兒了！

　　而且，是喜悅的眼淚。

ク

我不想忘記
我不會忘記

想哭，
就跳舞。

　　這一本關於成長，關於走向光明的書，中間夾著的黑暗，象徵了那總是憂鬱的 4、5 年，就像被困在一個沒有光的房間，不停的撞牆。為了表達我的誠意，我揭開傷口，讓更多人知道我們是同在的，就像我寫的歌，《歸零》。

　　其實過去都過去了，也沒什麼好一直提，但如果不把曾經的困惑以及迷惘提出來和大家分享，很多人難以想像，過去的我是多麼不了解自己，自討苦吃。

　　前幾天我還和一個朋友聊到，別看我現在總是能侃侃而談，甚至還可以寫出一本書來陳述我的想法；過去的我其實是有嚴重表達障礙的，只要碰到了人與人之間有所摩擦，或者是受到委屈，我常常就會突然講不出話來，不知道自己到底在怕什麼或恐慌什麼。常常，我就好像突然變成啞巴一樣，不記得怎麼說話了，只會哭。聆聽著我的朋友聽完，說他完全無法相信我過去是那樣的狀態。

　　每個人都一樣，都是這樣一路經歷過來。只是很多人一路上逐漸地走向簡單和光明，有人持續地走向複雜與黑暗。這是一本光明與黑暗共存的書，我不敢告訴你明天一定會更好，但我希望你永遠記得，生命，是有希望的。

　　以前最容易讓我撞牆的，就是工作和感情。其實和大部分人會卡關的都一樣。拿工作為例，在那迷惘的好幾年，都沒有辦法接到自己想要的工作的階段，我曾經最害怕別人跟我說：你很好，只是時機還沒有到。好多人都跟我說你很好，可是我就是看不到轉機。

　　以前的我很急，心中的得失很重，常常覺得再怎麼努力，為什麼就是沒有被看見？為什麼有些沒有那麼努力的人，但他們的運氣卻是那麼的好？到底什麼是公平？我到底有什麼問題？為什麼我永遠達不到自己的期望？是不是我根本就不好？為什麼沒有人要告訴我這個實話，那麼或許我就會死心了，就不用再一直愚笨地堅持我這些根本永遠不會實現的夢想。

　　過去的我是非常鑽牛角尖的，這些自虐的想法只要生起，就會在我的腦中肆無忌憚地亂竄。每次虛弱地承受著這樣動彈不得的無力感，我都會覺得我的背好痛好痛，就像是知道曾經能飛，但再也飛不起來了。有時這樣的惡性循環就這樣過了一夜，甚至好幾夜，幾乎殺死了我所有的信心。

　　但有的時候，很慶幸地我會記得，想哭的時候，就跳舞。
　　痛苦的時候，就聽音樂，就跳舞。

　　讓身體動起來，身和心分離的痛苦，讓音樂成為橋樑，重新建立起來這樣的關係，停止自我傷害和攻擊。我們和平共存的，透過音樂，透過肢體，讓這些動彈不得的能量流動起來。
　　不要害怕，一定會跑出很多感受的，但讓這一切流動起來，就不會只感覺到苦了。

　　讓黑暗與光明，共存，不要批判，不要對立，不要急著貼標籤。告訴自己，放鬆。

　　以前的我只要鑽牛角尖起來，是很難有解藥的，這是其中一個時常會有效的解藥，所以與你們分享。

　　有一首歌我很推薦，是徐佳瑩的《調色盤》，歌詞當中不停地提到：

　　沒有關係的

　　讓我惦記著

　　朋友啊我始終相信

　　你會再快樂起來

　　（※ 文中歌詞引用徐佳瑩《調色盤》，作詞：徐佳瑩，亞神音樂娛樂股份有限公司）

　　我相信正在看書的你，可能有點難以想像我居然用這麼沉的氣氛要作為這一本書的結尾。因為我想說的是，我不想忘記過去經歷的這些心苦，心想事不成的無力。現在回頭看因為深刻經歷過這些感受，一次又一次苦過，讓我變成一個更有同理

心的人，讓我更懂得人的渺小，有形無形地提醒著我要更謙卑柔軟，要更爭氣地把自己得到的愛不停地分享給需要的人，不要當一個自私的人。

我自己創作的《歸零》這首歌，有一部分是七、八年前很困惑沮喪時寫的，有一部分是現在的我寫的，不知不覺也讓黑暗和光明有了很巧妙的共存。在創作和錄製這首歌的過程，不停地會碰觸到過去非常混亂無助的那個自己，其實是充滿挑戰的，不過現在的我已經越來越不害怕流淚了。

以揭開我的傷口作為誠意，願這本書，溫暖更多更多的人。我好喜歡最後一段歌詞，好純粹的相信。

「原本的自己，簡單的可以。

清楚透明，真正的自己。」

謝謝造物主創造了不可思議的宇宙萬物；

謝謝你拿起了我的書；

謝謝我十年前聽到的聲音；「一個人去丹麥，寫一本書。」

謝謝童話

「你相信童話嗎？」
不止一次在專訪中被問到這題了；
現在的我覺得：「沒什麼相不相信，
只是有或沒有發在我身上罷了。」

停頓一會兒後，沒預警的說出：
「不過去了趟丹麥之後，我知道
童話國王安徒生大師，長期有著憂鬱症。」

好吧！

或許這世界真的沒有童話

不過，謝謝童話，
讓我們的生命壞有夢想。

玩藝 0078

一個人去丹麥 寫一本書

嘿　你為什麼不要快樂

作　　者─曾之喬
經紀公司─華研國際音樂股份有限公司
經　紀　人─于恩懿、沈筱倢
攝　　影─ Hedy Chang
化　　妝─張瑋廷、瑤瑤 Ara wu
髮　　型─丁玉專、Ares 威奇 (80's STUDIO)
服　　裝─ delpozo、JAMEI CHEN
造　　型─曾瓊鶯 Olive Tseng
造型助理─王瑾瑩 Wang wang wang
封面設計─犬良設計
內頁設計─花樂樂
內頁插畫─黃士銘
責任編輯─施穎芳
責任企劃─汪婷婷

總　編　輯─周湘琦
董　事　長─趙政岷
出　版　者─時報文化出版企業股份有限公司
　　　　　　108019 台北市和平西路三段二四〇號二樓
　　　　　　發行專線　（02）2306-6842
　　　　　　讀者服務專線　0800-231-705、（02）2304-7103
　　　　　　讀者服務傳真（02）2304-6858
　　　　　　郵撥　1934-4724 時報文化出版公司
　　　　　　信箱　10899 臺北華江橋郵局第 99 信箱
時報悅讀網─ http://www.readingtimes.com.tw
電子郵件信箱─ books@readingtimes.com.tw
時報出版風格線臉書／ https://www.facebook.com/bookstyle2014
法律顧問─理律法律事務所　陳長文律師、李念祖律師
印　　刷─和楹印刷有限公司
初版一刷─ 2019 年 1 月 4 日
初版十三刷─ 2022 年 4 月 22 日
定　　價─新台幣 499 元

特別感謝　Chocola BB　水潤肌 SKIN AQUA　BIOTHERM　apm MONACO　MIRAE 未來麗

一個人去丹麥，寫一本書 / 曾之喬著 . -- 初版 . -- 臺北市：時報文化，
2019.01
　面；　公分 . -- (玩藝；78)

ISBN 978-957-13-7667-7(平裝)

855　　　　　　　　　　107022655

累了，
就不可愛囉！

品牌代言人
曾之喬

ビタミンB₂・B₆・B₁配合
チョコラBBプラス

Chocola **BB**®Plus
俏正美**BB**®Plus 糖衣錠

你的可愛　我來守護

Q彈了，就更可愛囉！

cola **BB**® Collagen
正美**BB** 膠原錠

請洽全省屈臣氏，康是美，Tomod's門市

watsons　　COSMED 康是美 ✚　✚ Tomod's

水潤肌 SKIN AQU
防曬系列

透明感UP!
最強美肌防曬*

薰衣草色調 新誕生

SPF
50+
PA++++

SKIN
AQUA
TONE UP
UV
ESSENCE
SPF50+ PA++++

最強防曬!*

超越水感 最清爽!

悶黏夏天Bye

SKIN
AQUA
SARAFIT UV

SKIN
AQUA
SARAFIT

SPF
50+
PA++++

SPF50+ PA++++

SPF50+ PA++++

喚醒年輕大眼 無論幾歲
8天眼見為憑*

NEW 奇蹟活源淡細紋眼霜

BIOTHERM

LIFE PLANKTON™
EYE

BIOTHERM
THE HEALING POWER OF LIFE PLANKTON™